Jules Verne

M. Ré-dièze et Mlle Mi-bémol

Texte et illustration de couverture : © domaine public
Edition : Culturea (Hérault, 34)
Contact : infos@culturea.fr
Retrouvez notre catalogue sur http://culturea.fr
Imprimé en Allemagne par Books on Demand
Design typographique : Derek Murphy
Layout : Reedsy (https://reedsy.com/)

Dépôt légal : janvier 2023

ISBN : 9791041915767

Table des matières

Nota. Pour la compréhension des termes musicaux, le lecteur pourra utilement consulter le Dictionnaire pratique et historique de la musique qui se trouve à l'adresse Internet suivante : http://dictionnaire.metronimo.com/

I

Nous étions une trentaine d'enfants à l'école de Kalfermatt, une vingtaine de garçons entre six et douze ans, une dizaine de filles entre quatre et neuf ans. Si vous désirez savoir où se trouve exactement cette bourgade, c'est, d'après ma Géographie (p. 47), dans un des cantons catholiques de la Suisse, pas loin du lac de constance, au pied des montagnes de l'Appenzell.

« Eh ! donc, vous là-bas, Joseph Müller ?

— Monsieur Valrügis ? répondis-je.

— Qu'est-ce que vous écrivez pendant que je fais la leçon d'histoire ?

— Je prends des notes, monsieur.

— Bien. »

La vérité est que je dessinais un bonhomme, tandis que le maître nous racontait pour la millième fois l'histoire de Guillaume Tell et du farouche Gessler. Personne ne la possédait comme lui. Le seul point qui lui restât à élucider était celui-ci : à quelle espèce, reinette ou calville, appartenait la pomme historique que le héros de l'Helvétie avait placée sur la tête, de son fils, pomme aussi discutée que celle dont notre mère Ève dépouilla l'arbre du bien et du mal ?

Le bourg de Kalfermatt est agréablement situé au fond d'une de ces dépressions qu'on appelle « van », creusée sur le côté d'avers de la montagne, celui que les rayons du soleil ne peuvent atteindre l'été. L'école, ombragée de larges frondaisons, à l'extrémité du bourg, n'a point l'aspect farouche d'une usine d'instruction primaire. Elle est gaie d'aspect, en bon air, avec une vaste cour plantée, un préau pour la pluie et un petit clocher où la cloche chante comme un oiseau dans les branches.

C'est M. Valrügis qui tient l'école, de compte à demi avec sa sœur Lisbeth, une vieille fille plus sévère que lui. Tous deux suffisent à l'enseignement : lecture, écriture, calcul, géographie, histoire – histoire et géographie de la Suisse s'entend. Nous avons classe tous les jours, sauf le jeudi et le dimanche. On vient à huit heures avec son panier et des livres sous la boucle de la courroie ; dans le panier, il y a de quoi manger à midi : du pain, de la viande froide, du fromage, des fruits, avec une demi-bouteille de vin coupé. Dans les livres, il y a de quoi s'instruire : des dictées, des chiffres, des problèmes. À quatre heures, on remporte chez soi le panier vide jusqu'à la dernière miette.

« ... Mademoiselle Betty Clère ?...

– Monsieur Valrügis ?... répondit la fillette.

– Vous n'avez pas l'air de prêter attention à ce que je dicte. Où en suis-je, s'il vous plaît ?

– Au moment, dit Betty en balbutiant, où Guillaume refuse de saluer le bonnet...

– Erreur !... Nous n'en sommes plus au bonnet, mais à la pomme, de quelque espèce qu'elle soit !... »

Mlle Betty Clère, toute confuse, baissa les yeux, après m'avoir adressé ce bon regard que j'aimais tant.

« Sans doute, reprit ironiquement M. Valrügis, si cette histoire se chantait au lieu de se réciter, vous y prendriez plus de plaisir, avec votre goût pour les chansons ! Mais jamais un musicien n'osera mettre pareil sujet en musique ! »

Peut-être notre maître d'école avait-il raison ? Quel compositeur prétendrait faire vibrer de telles cordes !... Et pourtant qui sait ?... Dans l'avenir ?...

Mais M. Valrügis continue sa dictée. Grands et petits, nous sommes tout oreilles. On aurait entendu siffler la flèche de Guillaume Tell à travers la classe... une centième fois depuis les dernières vacances.

II

Il est certain que M. Valrügis n'assigne à l'art de la musique qu'un rang très inférieur. A-t-il raison ? Nous étions trop jeunes alors pour avoir une opinion là-dessus. Songez donc, je suis parmi les grands, et je n'ai pas encore atteint ma dixième année. Et pourtant, une bonne douzaine de nous aimait bien les chansons du pays, les vieux lieds des veillées, et aussi les hymnes des fêtes carillonnées, les antiennes de l'antiphonaire, lorsque l'orgue de l'église de Kalfermatt les accompagne. Alors les vitraux frémissent, les enfants de la maîtrise jettent leurs voix en fausset, les encensoirs se balancent, et il semble que les versets, les motets, les répons s'envolent au milieu des vapeurs parfumées...

Je ne veux pas me vanter, c'est un mauvais sentiment, et quoique je fusse un des premiers de la classe, ce n'est pas à moi de le dire. Maintenant, si vous me demandez pourquoi, moi, Joseph Müller, fils de Guillaume Müller et de Marguerite Has, actuellement, après son père, maître de poste à Kalfermatt, on m'avait surnommé *Ré-Dièze*, et pourquoi Betty Clère, fille de Jean Clère et de Jenny Rose, cabaretiers audit lieu, portait le surnom de *Mi-Bémol* je vous répondrai : patience, vous le saurez tout à l'heure. N'allez pas plus vite qu'il ne convient, mes enfants. Ce qui est certain, c'est que nos deux voix se mariaient admirablement, en attendant que nous fussions mariés l'un à l'autre. Et j'ai déjà un bel âge, mes enfants, à l'époque où j'écris cette histoire, sachant des choses que je ne savais pas alors — même en musique.

Oui ! M. *Ré-Dièze* a épousé Mlle *Mi-Bémol* et nous sommes très heureux, et nos affaires ont prospéré avec du travail et de la conduite !... Si un maître de poste ne savait pas se conduire, qui le saurait ?...

Donc, il y a quelque quarante ans, nous chantions à l'église, car il faut vous dire que les petites filles, comme les petits garçons, appartenaient à la manécanterie de Kalfermatt. On ne trouvait point cette coutume déplacée, et on avait raison. Qui s'est jamais inquiété de savoir si les séraphins descendus du ciel sont d'un sexe ou de l'autre ?

III

La maîtrise de notre bourgade avait grande réputation, grâce à son directeur, l'organiste Eglisak. Quel maître de solfège, et quelle habileté il mettait à nous faire vocaliser ! Comme il nous apprenait la mesure, la valeur des notes, la tonalité, la modalité, la composition de la gamme ! Très fort, très fort, le digne Eglisak. On disait que c'était un musicien de génie, un contrapontiste sans rival, et qu'il avait fait une fugue extraordinaire, une fugue à quatre parties.

Comme nous ne savions pas trop ce que c'était, nous le lui demandâmes un jour.

« Une fugue, répondit-il, en redressant sa tête en forme de coquille de contrebasse.

— C'est un morceau de musique ? dis-je.

— De musique transcendante, mon garçon.

— Nous voudrions bien l'entendre, s'écria un petit Italien, du nom de Farina, doué d'une jolie voix de haute-contre et qui montait..., montait..., jusqu'au ciel.

— Oui, ajouta un petit Allemand, Albert Hoct, dont la voix descendait..., descendait..., jusqu'au fond de la terre.

— Allons, monsieur Eglisak ?... répétèrent les autres garçonnets et fillettes.

– Non, mes enfants. Vous ne connaîtrez ma fugue que lorsqu'elle sera achevée...

– Et quand le sera-t-elle ? demandai-je.

– Jamais. »

On se regarda, et lui de sourire finement.

« Une fugue n'est jamais achevée, nous dit-il. On peut toujours y ajouter de nouvelles parties. »

Donc, nous n'avions point entendu la fameuse fugue du profane Eglisak ; mais il avait pour nous mis en musique l'hymne de saint Jean-Baptiste, vous savez ce psaume en vers, dont Gui d'Arrezo a pris les premières syllabes pour désigner les notes de la gamme :

Ut queant laxis
Resonare fibris
Mira gestorum
Famuli tuorum,
Solve polluti,
Labii reatum,
Sancte Joannes.

Le Si n'existait pas à l'époque de Gui d'Arrezo. Ce fut en 1026 seulement qu'un certain Guido compléta la gamme par l'adjonction de la note sensible, et m'est avis qu'il a bien fait.

Vraiment, quand nous chantions ce psaume, on serait venu de loin, rien que pour l'entendre. Quant à ce qu'ils signifiaient, ces mots bizarres, personne ne le savait à l'école, pas même M. Valrügis. On croyait que c'était du latin, mais ce n'était pas sûr. Et, cependant, il paraît que ce psaume sera chanté au

Jugement dernier, et il est probable que le Saint-Esprit, qui parle toutes les langues, le traduira en langage édénique.

Il n'en reste pas moins que M. Eglisak passait pour être un grand compositeur. Par malheur, il était affligé d'une infirmité bien regrettable, et qui tendait à s'accroître. Avec l'âge, son oreille se faisait dure. Nous nous en apercevions, mais lui n'aurait pas voulu en convenir. D'ailleurs, afin de ne pas le chagriner, on criait quand on lui adressait la parole, et nos faussets parvenaient à faire vibrer son tympan. Mais l'heure n'était pas éloignée où il serait complètement sourd.

Cela arriva, un dimanche, à vêpres. Le dernier psaume des Complies venait d'être achevé, et Eglisak s'abandonnait sur l'orgue aux caprices de son imagination. Il jouait, il jouait, et cela n'en finissait pas. On n'osait pas sortir, crainte de lui faire de la peine. Mais voici que le souffleur, n'en pouvant plus, s'arrête. La respiration manque à l'orgue... Eglisak ne s'en est pas aperçu. Les accords, les arpèges se plaquent ou se déroulent sous ses doigts. Pas un son ne s'échappe, et cependant, dans son âme d'artiste, il s'entend toujours... On a compris : un malheur vient de le frapper. Nul n'ose l'avertir. Et pourtant le souffleur est descendu par l'étroit escalier de la tribune...

Eglisak ne cesse pas de jouer. Et toute la soirée ce fut ainsi, toute la nuit également, et, le lendemain encore, il promenait ses doigts sur le clavier muet. Il fallut l'entraîner..., le pauvre homme se rendit compte enfin. Il était sourd. Mais cela ne l'empêcherait pas de finir sa fugue. Il ne l'entendrait pas, voilà tout.

Depuis ce jour, les grandes orgues ne résonnaient plus dans l'église de Kalfermatt.

IV

Six mois se passèrent. Vint novembre, très froid. Un manteau blanc couvrait la montagne et traînait jusque dans les rues. Nous arrivions à l'école le nez rouge, les joues bleuies. J'attendais Betty au tournant de la place. Qu'elle était gentille sous sa capeline rabattue !

« C'est toi, Joseph ? disait-elle.

— C'est moi, Betty. Cela pince, ce matin. Enveloppe-toi bien ! Ferme ta pelisse...

— Oui, Joseph. Si nous courions ?

— C'est cela. Donne-moi tes livres, je les porterai. Prends garde de t'enrhumer. Ce serait un vrai malheur de perdre ta jolie voix...

— Et toi, la tienne, Joseph ! »

C'eût été malheureux, en effet. Et, après avoir soufflé dans nos doigts, nous filions à toutes jambes pour nous réchauffer. Par bonheur, il faisait chaud dans la classe. Le poêle ronflait. On n'y épargnait pas le bois. Il y en a tant, au pied de la montagne, et c'est le vent qui se charge de l'abattre. La peine de le ramasser seulement. Comme ces branches pétillaient joyeusement ! On s'empilait autour. M. Valrügis se tenait dans sa chaire, sa toque fourrée jusqu'aux yeux. Des pétarades éclataient, qui accompagnaient comme une arquebusade l'histoire de Guillaume. Tell. Et je pensais que si Gessler ne possédait qu'un bonnet, il avait dû s'enrhumer pendant que le sien figurait au bout de la perche, si ces choses-là s'étaient passées l'hiver !

Et alors, on travaillait bien, la lecture, l'écriture, le calcul, la récitation, la dictée, et le maître était content. Par exemple, la musique chômait. On n'avait trouvé personne capable de remplacer le vieil Eglisak. Bien sûr, nous allions oublier tout ce qu'il nous avait appris ! Quelle apparence qu'il vînt jamais à Kalfermatt un autre directeur de manécanterie ! Déjà le gosier se rouillait, l'orgue aussi, et cela coûterait des réparations, des réparations...

M. le curé ne cachait point son ennui. Maintenant que l'orgue ne l'accompagnait plus, ce qu'il détonnait, le pauvre homme, surtout dans la préface de la messe ! Le ton baissait graduellement, et, quand il arrivait à *supplici confessione dicentes*, il avait beau chercher des notes sous son surplis, il rien trouvait plus. Cela excitait à rire quelques-uns. Moi, cela me faisait pitié, – à Betty aussi. Rien de lamentable comme les offices à présent. À la Toussaint, il n'y avait eu aucune belle musique, et la Noël qui s'approchait avec ses *Gloria, ses Adeste Fideles, ses Exultet !...*

M. le curé avait bien essayé d'un moyen. Ç'avait été de remplacer l'orgue par un serpent. Au moins, avec un serpent, il ne détonnerait plus. La difficulté ne consistait pas à se procurer cet instrument antédiluvien. Il y en avait un pendu au mur de la sacristie, et qui dormait là depuis des années. Mais où trouver le serpentiste ? Au fait, ne pourrait-on utiliser le souffleur d'orgue, maintenant sans ouvrage.

« Tu as du souffle ? lui dit un jour M, le curé.

– Oui, répondit ce brave homme, avec mon soufflet, mais pas avec ma bouche.

– Qu'importe ! essaie pour voir...

– J'essaierai. »

Et il essaya, il souffla dans le serpent, mais le son qui en sortit était abominable. Cela venait-il de lui, cela venait-il de la bête en bois ? Question insoluble. Il fallut donc y renoncer, et il était probable que la prochaine Noël serait aussi triste que l'avait été la dernière Toussaint. Car, si l'orgue manquait faute d'Eglisak, la maîtrise ne fonctionnait pas davantage. Personne pour nous donner des leçons, personne pour battre la mesure, c'est pourquoi les Kalfermattiens étaient désolés, lorsqu'un soir, la bourgade fut mise en révolution.

On était au 15 décembre. Il faisait un froid sec, un de ces froids qui portent les brises au loin. Une voix, au sommet de la montagne, arriverait alors jusqu'au village ; un coup de pistolet tiré de Kalfermatt s'entendrait à Reischarden, et il y a une bonne lieue.

J'étais allé souper chez M. Clère un samedi. Pas d'école le lendemain. Quand on a travaillé toute la semaine, il est permis, n'est-ce pas, de se reposer le dimanche ? Guillaume Tell a également le droit de chômer, car il doit être fatigué après huit jours passés sur la sellette de M. Valrügis.

La maison de l'aubergiste était sur la petite place, au coin à gauche, presque en face de l'église, dont on entendait grincer la girouette au bout de son clocher pointu. Il y avait une demi-douzaine de clients chez Clère, des gens de l'endroit, et, ce soir-là, il avait été convenu que Betty et moi, nous leur chanterions un joli nocturne de Salviati.

Donc, le souper achevé, on avait desservi, rangé les chaises, et nous allions commencer, lorsqu'un son lointain parvint à nos oreilles.

« Qu'est-ce que cela ? dit l'un.

– On croirait que ça vient de l'église, répondit l'autre.

– Mais c'est l'orgue !...

– Allons donc ! l'orgue jouerait tout seul ?... »

Cependant, les sons se propageaient nettement, tantôt *crescendo*, tantôt *diminuendo*, s'enflant parfois comme s'ils fissent sortis des grosses bombardes de l'instrument.

On ouvrit la porte de l'auberge, malgré le froid. La vieille église était sombre, aucune lueur ne perçait à travers les vitraux de la nef. C'était le vent, sans doute, qui se glissait par quelque hiatus de la muraille. Nous nous étions trompés, et la veillée allait être reprise, lorsque le phénomène se reproduisit avec une telle intensité que l'erreur ne fut pas possible.

« Mais on joue dans l'église ! s'écria Jean Clère.

– C'est le diable, bien sûr, dit Jenny.

– Est-ce que le diable sait jouer de l'orgue ? » répliqua l'aubergiste.

« Et pourquoi pas ? » pensais-je à part moi.

Betty me prit la main.

« Le diable ? », dit-elle.

Cependant, les portes de la place se sont peu à peu ouvertes ; des gens se montrent aux fenêtres. On s'interroge. Quelqu'un de l'auberge dit :

« M, le curé aura trouvé un organiste, et il l'a fait venir. »

Comment n'avions-nous pas songé à cette explication si simple ? Justement M. le curé vient d'apparaître sur le seuil du presbytère.

« Qu'est-ce qui se passe ? demande-t-il.

— On joue de l'orgue, monsieur le curé, lui crie l'aubergiste.

— Bon ! c'est Eglisak qui s'est remis à son clavier. »

En effet, d'être sourd n'empêche pas de faire courir ses doigts sur les touches, et il est possible que le vieux maître ait eu cette fantaisie de remonter à la tribune avec le souffleur. Il faut voir. Mais le porche est clos.

« Joseph, me dit M. le curé, va donc chez Eglisak. »

J'y cours, en tenant Betty par la main, car elle n'a pas voulu me quitter.

Cinq minutes après, nous sommes de retour.

« Eh bien ? me demande M. le curé.

— Le maître est chez lui », dis-je hors d'haleine.

C'était vrai. Sa servante m'avait affirmé qu'il dormait dans son lit comme un sourd et tout le vacarme de l'orgue n'aurait pu le réveiller.

« Alors qui donc est là ? murmure Mme Clère, peu rassurée.

– Nous le saurons ! » s'écrie M. le curé, en boutonnant sa pelisse.

L'orgue continuait à se faire entendre. C'était comme une tempête de sons qui en sortait. Les seize-pieds travaillaient à plein vent ; le gros nasard poussait des sonorités intenses ; même le trente-deux-pieds, celui qui possède la note la plus grave, se mêlait à cet assourdissant concert. La place était comme balayée par une rafale de musique. On eût dit que l'église n'était plus qu'un immense buffet d'orgue, avec son clocher comme bourdon, qui donnait des *contre-fa* fantastiques.

J'ai dit que le porche était fermé, mais, en faisant le tour, la petite porte, précisément en face le cabaret Clère, était entr'ouverte. C'était par là que l'intrus avait dû pénétrer. D'abord M. le curé, puis le bedeau qui venait de le rejoindre, entrèrent. En passant, ils trempèrent leurs doigts dans la Coquille d'eau bénite, par précaution, et se signèrent. Puis, toute la suite en fit autant.

Soudain, l'orgue se tut. Le morceau joué par le mystérieux organiste s'arrêta sur un accord de quarte et sixte qui se perdit sous la sombre voûte.

Était-ce l'entrée de tout ce monde qui avait coupé court à l'inspiration de l'artiste ? Il y avait lieu de le croire. Mais, à présent, la nef naguère pleine d'harmonies, était retombée au silence. Je dis le silence, car nous étions tous muets, entre les piliers, avec une sensation semblable à celle qu'on éprouve quand, après un vif éclair, on attend le fracas de la foudre.

Cela ne dura pas. Il fallait savoir à quoi s'en tenir. Le bedeau et deux ou trois des plus braves se dirigèrent vers la vis qui monte à la tribune, au fond de la nef. Ils gravirent les marches, mais, arrivés à la galerie, ils ne trouvèrent personne. Le couvercle du clavier était rabattu. Le soufflet, à demi gonflé encore de l'air qui ne pouvait s'échapper faute d'issue, restait immobile, son levier en l'air.

Très probablement, profitant du tumulte et de l'obscurité, l'intrus avait pu descendre la vis, disparaître par la petite porte et s'enfuir à travers la bourgade.

N'importe ! le bedeau pensa qu'il serait peut-être convenable d'exorciser par prudence. Mais M. le curé s'y opposa, et il eut raison, car il en aurait été pour ses exorcismes.

V

Le lendemain, le bourg de Kalfermatt comptait un habitant de plus – et même deux. On put les voir se promener sur la place, aller et venir le long de la grande rue, pousser une pointe jusqu'à l'école, finalement retourner à l'auberge de Clère, où ils retinrent une chambre à deux lits, pour un temps dont ils n'indiquaient point la durée.

« Cela peut être un jour, une semaine, un mois, un an », avait dit le plus important de ces personnages, à ce que me rapporta Betty lorsqu'elle m'eut rejoint sur la place.

« Est-ce que ce serait l'organiste d'hier ? demandai-je.

– Dame, ça se pourrait, Joseph...

– Avec son souffleur ?...

– Sans doute le gros, répondit Betty.

– Et comment sont-ils ?

– Comme tout le monde. »

Comme tout le monde, c'est évident, puisqu'ils avaient une tête sur leurs épaules, des bras emmanchés à leur torse, des pieds au bout des jambes. Mais on peut posséder tout cela et ne ressembler à personne. Et c'était ce que je reconnus, lorsque, vers onze heures, j'aperçus enfin ces deux étrangers si étranges.

Ils marchaient l'un derrière l'autre.

L'un, de trente-cinq à quarante ans, efflanqué, maigre, une sorte de grand héron, emplumé d'une grande lévite jaunâtre, les jambes doublées d'un flottard étroit du bas et d'où sortaient des pieds pointus, coiffé d'une large toque avec aigrette. Quelle figure mince, glabre ! Des yeux plissés, petits mais perçants, avec une braise au fond de leur pupille, des dents blanches et aiguës, un nez effilé, une bouche serrée, un menton en galoche. Et quelles mains ! Des doigts longs, longs... de ces doigts qui sur un clavier peuvent prendre une octave et demie !

L'autre est trapu, tout en épaules, tout en buste, une grosse tête ébouriffée sous un feutre grisâtre, une face de taureau têtu, un ventre en clef de *fa*. C'est un gars d'une trentaine d'années, fort à pouvoir rosser les plus vigoureux de la commune.

Personne ne connaissait ces individus. C'était la première fois qu'ils venaient dans le pays. Pas des Suisses, à coup sûr, mais plutôt des gens de l'Est, par-delà les montagnes, du côté de la Hongrie. Et, de fait, cela était, ainsi que nous l'apprîmes plus tard.

Après avoir payé une semaine d'avance à l'auberge Clère, ils avaient déjeuné de grand appétit, sans épargner les bonnes choses. Et maintenant, ils faisaient un tour, l'un précédant l'autre, le grand ballant, regardant, baguenaudant, chantonnant, les doigts sans cesse en mouvement, et, par un geste singulier, se frappant parfois le bas de la nuque avec la main, et répétant :

« *La naturel... la naturel !...* Bien ! »

Le gros roulait sur ses hanches, fumant une pipe en forme de saxophone, d'où s'échappaient des torrents de fumée blanchâtre.

Je les regardais à pleins yeux, lorsque le grand m'avisa et me fit signe d'approcher.

Ma foi, j'eus un peu peur, mais enfin je me risquai, et il me dit d'une voix comme le fausset d'un enfant de chœur :

« La maison du curé, petit ?

– La maison du... le presbytère ?...

– Oui. Veux-tu m'y conduire ? »

Je pensai que M. le curé m'admonesterait de lui avoir amené ces personnes – le grand surtout, dont le regard me fascinait. J'aurais voulu refuser. Ce fut impossible, et me voilà filant vers le presbytère.

Une cinquantaine de pas nous en séparaient. Je montrai la porte et m'ensauvai tout courant, tandis que le marteau battait trois croches suivies d'une noire.

Des camarades m'attendaient sur la place, M. Valrügis avec eux. Il m'interrogea. Je racontai ce qui s'était passé. On me regardait... Songez donc ! *Il* m'avait parlé !

Mais ce que je pus dire n'avança pas beaucoup sur ce que ces deux hommes venaient faire à Kalfermatt. Pourquoi entretenir le curé ? Quelle avait été la réception de celui-ci, et ne lui était-il pas arrivé malheur, ainsi qu'à sa servante, une vieille d'âge canonique dont la tête déménageait parfois ?

Tout fut expliqué dans l'après-midi.

Ce type bizarre – le plus grand – se nommait Effarane. C'était un Hongrois, à la fois artiste, accordeur, facteur d'orgues, organier – comme on disait – se chargeant des réparations, allant de ville en ville et gagnant de quoi vivre à ce métier.

C'était lui, on le devine, qui, la veille, entré par la porte latérale, avec l'autre, son aide et souffleur, avait réveillé les échos de la vieille église, en déchaînant des tempêtes d'harmonie. Mais, à l'entendre, l'instrument, défectueux en de certaines parties, exigeait quelques réparations, et il offrait de les faire à très bas prix. Des certificats témoignaient de son aptitude aux travaux de ce genre.

« Faites..., faites ! » avait répondu M, le curé, qui s'était empressé d'accepter cette offre. Et il avait ajouté : « Le Ciel soit deux fois béni, qui nous envoie un organier de votre valeur, et trois fois le serait-il, s'il nous gratifiait d'un organiste... »

– Ainsi ce pauvre Eglisak ?... demanda maître Effarane.

– Sourd comme un mur. Vous le connaissiez ?

– Eh ! qui ne connaît l'homme à la fugue !

– Voilà six mois qu'il ne joue plus à l'église, ni ne professe à l'école. Aussi avons-nous eu une messe sans musique à la Toussaint, et est-il probable qu'à la Noël...

– Rassurez-vous, monsieur le curé, répondit maître Effarane. En quinze jours les réparations peuvent être achevées, et, si vous le voulez, Noël venue, je tiendrai l'orgue... »

Et en disant cela, il agitait ses doigts interminables, il les décraquait aux phalanges, il les détirait comme des gaines de caoutchouc.

Le curé remercia l'artiste en bons termes et lui demanda ce qu'il pensait de l'orgue de Kalfermatt.

« Il est bon, répondit maître Effarane, mais incomplet.

– Et que lui manque-t-il donc ? N'a-t-il pas vingt-quatre jeux, sans oublier le jeu des voix humaines ?

– Eh ! ce qui lui manque, monsieur le curé, c'est précisément un registre que j'ai inventé, et dont je cherchais à doter ces instruments.

– Lequel ?

– Le registre des voix enfantines, répliqua le singulier personnage en redressant sa longue taille. Oui ! j'ai imaginé ce perfectionnement. Ce sera l'idéal, et alors mon nom dépassera les noms des Fabri, des Kleng, des Erhart Smid, des André, des Castendorter, des Krebs, des Müller, des Agricola, des Kranz, les noms des Antegnati, des Costanzo, des Graziadei, des Serassi, des Tronci, des Nanchinini, des Callido, les noms des Sébastien Erard, des Abbey, des Cavaillé-Coll... »

M. le curé dut croire que la nomenclature ne serait pas terminée pour l'heure des vêpres, qui approchait.

Et l'organier d'ajouter, en ébouriffant sa chevelure :

« Et si je réussis pour l'orgue de Kalfermatt, aucun ne pourra lui être comparé, ni celui de Saint-Alexandre à Bergame, ni celui de Saint-Paul à Londres, ni celui de Fribourg, ni celui de Haarlem, ni celui d'Amsterdam, ni celui de Francfort, ni celui de Weingarten, ni celui de Notre-Dame de Paris, de la Madeleine, de Saint-Roch, de Saint-Denis, de Beauvais... »

Et il disait ces choses d'un air inspiré, avec des gestes qui décrivaient des courbes capricieuses. Certes, il aurait fait peur à tout autre qu'à un curé, qui, avec quelques mots de latin, peut toujours réduire le diable à néant.

Heureusement la cloche des vêpres se fit entendre, et, prenant sa toque dont il frisa l'aigrette d'un léger coup de doigt, maître Effarane salua profondément et vint rejoindre son souffleur sur la place. N'empêche que, dès qu'il fut parti, la vieille bonne crut sentir comme une odeur de soufre.

La vérité, c'est que le poêle renvoyait.

VI

Il va de soi que, dès ce jour, il ne fut plus question que du grave événement qui passionnait la bourgade. Ce grand artiste, qui avait nom Effarane, doublé d'un grand inventeur, se faisait fort d'enrichir notre orgue d'un registre de voix enfantines. Et alors, à la prochaine Noël, après les bergers et les mages accompagnés par les trompettes, les bourdons et les flûtes, on entendrait les voix fraîches et cristallines des anges papillonnant autour du petit Jésus et de sa divine Mère.

Les travaux de réparation avaient commencé dès le lendemain ; maître Effarane et son aide s'étaient mis à l'ouvrage. Pendant les récréations, moi et quelques autres de l'école nous venions les voir. On nous laissait monter à la tribune sous condition de ne point gêner. Tout le buffet était ouvert, réduit à l'état rudimentaire. Un orgue n'est qu'une flûte de Pan adaptée à un sommier, avec soufflet et registre, c'est-à-dire une règle mobile qui régit l'entrée du vent. Le nôtre était d'un grand modèle comportant vingt-quatre jeux principaux, quatre claviers de cinquante-quatre touches, et aussi un clavier de pédales pour basses fondamentales de deux octaves Combien nous paraissait immense cette forêt de tuyaux à anches ou à bouches en bois ou en étain ! On se serait perdu au milieu de ce massif touffu ! Et quels noms drôles sortaient des lèvres de maître Effarane : les doublettes, les larigots, les cromornes, les bombardes, les prestants, les gros nasards ! Quand je pense qu'il y avait des seize-pieds en bois et des trente-deux-pieds en étain ! Dans ces tuyaux-là, on aurait pu fourrer l'école tout entière et M. Valrügis en même temps I

Nous regardions ce fouillis avec une sorte de stupéfaction voisine de l'épouvante.

« Henri, disait Hoct, en risquant un regard en dessous, c'est comme une machine à vapeur...

— Non, plutôt comme une batterie, disait Farina, des canons qui vous jetteraient des boulets de musique !... »

Moi, je ne trouvais pas de comparaisons, mais, quand je songeais aux bourrasques que le double soufflet pouvait envoyer à travers cet énorme tuyautage, il me prenait un frisson dont j'étais secoué pendant des heures.

Maître Effarane travaillait au milieu de ce pêle-mêle, et sans jamais être embarrassé. En réalité, l'orgue de Kalfermatt était en assez bon état et n'exigeait que des réparations peu importantes, plutôt un nettoyage des poussières de plusieurs années. Ce qui offrirait plus de difficultés, ce serait l'ajustement du registre des voix enfantines. Cet appareil était là, dans une boîte, une série de flûtes de cristal qui devaient produire des sons délicieux. Maître Effarane, aussi habile organier que merveilleux organiste, espérait enfin réussir là où il avait échoué jusqu'alors. Néanmoins, je m'en apercevais, il ne laissait pas que de tâtonner, essayant d'un côté, puis de l'autre, et lorsque cela n'allait pas, poussant des cris, comme un perroquet rageur, agacé par sa maîtresse.

Brrrr... Ces cris me faisaient passer des frissons sur tout le corps et je sentais mes cheveux se dresser électriquement sur ma tête.

J'insiste sur ce point que ce que je voyais m'impressionnait au dernier degré. L'intérieur du vaste buffet d'orgue, cet énorme animal éventré dont les organes s'étalaient, cela me tourmentait jusqu'à l'obsession. J'en rêvais la nuit, et, le jour, ma pensée y revenait sans cesse. Surtout la boîte aux voix enfantines, à laquelle je n'eusse pas osé toucher, me faisait l'effet d'une cage pleine d'enfants, que maître Effarane élevait pour les faire chanter sous ses doigts d'organiste.

« Qu'as-tu, Joseph ? me demandait Betty.

— Je ne sais pas, répondais-je.

— C'est peut-être parce que tu montes trop souvent à l'orgue ?

— Oui... peut-être.

— N'y va plus, Joseph.

— Je n'irai plus, Betty. »

Et j'y retournais le jour même malgré moi. L'envie me prenait de me perdre au milieu de cette forêt de tuyaux, de me glisser dans les coins les plus obscurs, d'y suivre maître Effarane dont j'entendais le marteau claquer au fond du buffet. Je me gardais de rien dire de tout cela à la maison ; mon père et ma mère m'auraient cru fou.

VII

Huit jours avant la Noël, nous étions à la classe du matin, les fillettes d'un côté, les garçons de l'autre. M. Valrügis trônait dans sa chaire ; la vieille sœur, en son coin, tricotait avec de longues aiguilles, des vraies broches de cuisine. Et déjà Guillaume Tell venait d'insulter le chapeau de Gessler, lorsque la porte s'ouvrit.

C'était M. le curé qui entrait. Tout le monde se leva par convenance, mais derrière M. le curé, apparut maître Effarane.

Tout le monde baissa les yeux devant le regard perçant de l'organier. Que venait-il faire à l'école, et pourquoi M. le curé l'accompagnait-il ?

Je crus m'apercevoir qu'il me dévisageait plus particulièrement. Il me reconnaissait sans doute, et je me sentis mal à l'aise.

Cependant, M. Valrügis, descendu de sa chaire, venait de se porter au-devant de M, le curé, disant :

« Qu'est-ce qui me procure l'honneur ?...

— Monsieur le magister, j'ai voulu vous présenter maître Effarane, qui a désiré faire visite à vos écoliers.

— Et pourquoi ?...

– Il m'a demandé s'il y avait une maîtrise à Kalfermatt, monsieur Valrügis. Je lui ai répondu affirmativement. J'ai ajouté qu'elle était excellente du temps où le pauvre Eglisak la dirigeait. Alors maître Effarane a manifesté le désir de l'entendre. Aussi l'ai-je amené ce matin à votre classe en vous priant de l'excuser. »

M. Valrügis n'avait point à recevoir d'excuses. Tout ce que faisait M. le curé était bien fait. Guillaume Tell attendrait cette fois.

Et alors, sur un geste de M. Valrügis, on s'assit. M. le curé dans un fauteuil que j'allai lui chercher, maître Effarane sur un angle de la table des fillettes qui s'étaient vivement reculées pour lui faire place.

La plus rapprochée était Betty, et je vis bien que la chère petite s'effrayait des longues mains et des longs doigts qui décrivaient près d'elle des arpèges aériens.

Maître Effarane prit la parole, et, de sa voix perçante, il dit :

« Ce sont là les enfants de la maîtrise ?

– Ils n'en font pas tous partie, répondit M. Valrügis.

– Combien ?

– Seize.

– Garçons et filles ?

– Oui, dit le curé, garçons et filles, et, comme à cet âge ils ont la même voix…

« – Erreur, répliqua vivement maître Effarane, et l'oreille d'un connaisseur ne s'y tromperait pas. »

Si nous fûmes étonnés de cette réponse ? Précisément, la voix de Betty et la mienne avaient un timbre si semblable, qu'on ne pouvait distinguer entre elle et moi, lorsque nous parlions ; plus tard, il devait en être différemment, car la mue modifie inégalement le timbre des adultes des deux sexes.

Dans tous les cas, il n'y avait pas à discuter avec un personnage tel que maître Effarane, et chacun se le tint pour dit.

« Faites avancer les enfants de la maîtrise », demanda-t-il en levant son bras comme un bâton de chef d'orchestre.

Huit garçons, dont j'étais, huit filles, dont était Betty, vinrent se placer sur deux rangs, face à face. Et alors, maître Effarane de nous examiner avec plus de soin que nous ne l'avions jamais été du temps d'Eglisak. Il fallut ouvrir la bouche, tirer la langue, aspirer et expirer longuement, lui montrer jusqu'au fond de la gorge les cordes vocales qu'il semblait vouloir pincer avec ses doigts. J'ai cru qu'il allait nous accorder comme des violons ou des violoncelles. Ma foi, nous n'étions rassurés ni les uns ni les autres.

M. le curé, M. Valrügis et sa vieille sœur étaient là, interloqués, n'osant prononcer une parole.

« Attention ! cria maître Effarane. La gamme *d'ut majeur* en solfiant. Voici le diapason. »

Le diapason ? Je m'attendais à ce qu'il tirât de sa poche une petite pièce à deux branches, semblable à celle du bonhomme Eglisak et dont les vibrations donnent le La officiel, à Kalfermatt comme ailleurs.

Ce fut bien un autre étonnement.

Maître Effarane venait de baisser la tête, et, de son pouce à demi fermé, il se frappa d'un coup sec la base du crâne.

Ô surprise ! sa vertèbre supérieure rendit un son métallique, et ce son était précisément le *la*, avec ces huit cent soixante-dix vibrations normales.

Maître Effarane avait en lui le diapason naturel. Et alors, nous donnant l'*ut* une tierce mineure au-dessus, tandis que son index tremblotait au bout de son bras :

« Attention ! répéta-t-il. Une mesure pour rien ! »

Et nous voici, solfiant la gamme d'*ut* ascendante d'abord, descendante ensuite.

« Mauvais…, mauvais…, s'écria maître Effarane, lorsque la dernière note se fut éteinte. J'entends seize voix différentes et je devrais n'en entendre qu'une. »

Mon avis est qu'il se montrait trop difficile, car nous avions l'habitude de chanter ensemble avec grande justesse, ce qui nous avait toujours valu force compliments.

Maître Effarane secouait la tête, lançait à droite et à gauche des regards de mécontentement. Il me semblait que ses oreilles, douées d'une certaine mobilité, se tendaient comme celles des chiens, des chats et autres quadrupèdes.

« Reprenons ! s'écria-t-il. L'un après l'autre maintenant. Chacun de vous doit avoir une note personnelle, une note physiologique, pour ainsi dire, et la seule qu'il devrait jamais donner dans un ensemble. »

Une seule note – physiologique ! Qu'est-ce que ce mot signifiait ? Eh bien, j'aurais voulu savoir quelle était la sienne, à cet original, et aussi celle de M. le curé, qui en possédait une jolie collection, pourtant, et toutes plus fausses les unes que les autres !

On commença, non sans de vives appréhensions – le terrible homme n'allait-il pas nous malmener ? – et non sans quelque curiosité de savoir quelle était notre note personnelle, celle que nous aurions à cultiver dans notre gosier comme une plante dans son pot de fleur.

Ce fut Hoct qui débuta, et, après qu'il eut essayé les diverses notes de la gamme, le *sol* lui fut reconnu *physiologique* par maître Effarane, comme étant sa note la plus juste, la plus vibrante de celles que son larynx pouvait émettre.

Après Hoct, ce fut le tour de Farina, qui se vit condamné au *la* naturel à perpétuité.

Puis mes autres camarades suivirent ce minutieux examen, et leur note favorite reçut l'estampille officielle de maître Effarane.

Je m'avançai alors.

« Ah ! c'est toi, petit ! » dit l'organiste.

Et me prenant la tête, il la tournait et la retournait à me faire craindre qu'il ne finît par la dévisser.

« Voyons ta note », reprit-il.

Je fis la gamme d'*ut* à *ut* en montant puis en descendant. Maître Effarane ne parut point satisfait. Il m'ordonna de recommencer... Ça n'allait pas... Ça n'allait pas. J'étais très mortifié. Moi, l'un des meilleurs de la manécanterie, est-ce que je serais dépourvu d'une note individuelle ?

« Allons ! s'écria maître Effarane, la gamme chromatique !... Peut-être y découvrirai-je ta note. »

Et ma voix, procédant par intervalles de demi-tons, monté l'octave.

« Bien..., bien ! fit l'organiste, je tiens ta note, et toi, tiens-la pendant toute la mesure !

– Et c'est ? demandai-je un peu tremblant.

– C'est le *ré dièze.* »

Et je filai sur ce *ré dièze* d'une seule haleine.

M. le curé et M. Valrügis ne dédaignèrent pas de faire un signe de satisfaction.

« Au tour des filles ! » commanda maître Effarane.

Et moi je pensai :

« Si Betty pouvait avoir aussi le *ré dièze.* » Ça ne m'étonnerait pas, puisque nos deux voix se marient si bien ! Les fillettes furent examinées l'une après l'autre. Celle-ci eut le *si naturel* celle-là le *mi naturel.* Quand ce fut à Betty Clère de chanter, elle vint se placer debout, très intimidée devant maître Effarane.

« Va, petite. »

Et elle alla de sa voix si douce, si agréablement timbrée qu'on eût dit un chant de chardonneret. Mais, voilà, ce fut de Betty comme de son ami Joseph Müller. Il fallut recourir à la gamme chromatique pour lui trouver sa note, et finalement le *mi bémol* finit par lui être attribué.

Je fus d'abord chagriné, mais en y réfléchissant bien je n'eus qu'à m'applaudir. Betty avait le *mi bémol* et moi le *ré dièze*. Eh bien, est-ce que ce n'est pas identique ?... Et je me mis à battre des mains.

« Qu'est-ce qui te prend, petit ? me demanda l'organiste, qui fronçait les sourcils...

— Il me prend beaucoup de joie, monsieur, osai-je répondre, parce que Betty et moi nous avons la même note...

— La même ? » s'écria maître Effarane.

Et il se redressa d'un mouvement si allongé que son bras toucha le plafond.

« La même note ! reprit-il. Ah ! tu crois qu'un *ré dièze* et un *mi bémol* c'est la même chose, ignare que tu es, oreilles d'âne que tu mérites ! Est-ce que c'est votre Eglisak qui vous apprenait de telles stupidités ? Et vous souffriez cela, curé ?... Et vous aussi, magister... Et vous de même, vieille demoiselle ? »

La sœur de M. Valrügis cherchait un encrier pour le lui jeter à la tête. Mais il continuait en s'abandonnant à tout l'éclat de sa colère.

« Petit malheureux, tu ne sais donc pas ce que c'est qu'un comma, ce huitième de ton qui différencie le *ré dièze* du *mi bémol*, le *la dièze* du *si bémol*, et autres ? Ah ça ! est-ce que personne ici n'est capable d'apprécier des huitièmes de ton ? Est-ce qu'il n'y a que des tympans parcheminés, durcis, racornis, crevés dans les oreilles de Kalfermatt ? »

On n'osait pas bouger. Les vitres des fenêtres grelottaient sous la voix aiguë de maître Effarane. J'étais désolé d'avoir provoqué cette scène, tout triste qu'entre la voix de Betty et la mienne il y eût cette différence, ne fut-elle que d'un huitième de ton. M. le curé me faisait de gros yeux, M. Valrügis me lançait des regards...

Mais l'organiste de se calmer soudain, et de dire :

« Attention ! Et chacun à son rang dans la gamme ! »

Nous comprîmes ce que cela signifiait, et chacun alla se placer suivant sa note personnelle, Betty à la quatrième place en sa qualité de *mi bémol*, et moi après elle, immédiatement après elle, en qualité de *ré dièze*. Autant dire que nous figurions une flûte de Pan, ou mieux les tuyaux d'un orgue avec la seule note que chacun d'eux peut donner.

« La gamme chromatique, s'écria maître Effarane, et juste. Ou sinon !... »

On ne se le fit pas dire deux fois. Notre camarade chargé de l'*ut* commença ; cela suivit ; Betty donna son *mi bémol* puis moi mon *ré dièze*, dont les oreilles de l'organiste, paraît-il, appréciaient la différence. Après être monté, on redescendit trois fois de suite.

Maître Effarane parut même assez satisfait.

« Bien, les enfants ! dit-il. J'arriverai à faire de vous un clavier vivant ! »

Et, comme M. le curé hochait la tête d'un air peu convaincu :

« Pourquoi pas ? répondit maître Effarane. On a bien fabriqué un piano avec des chats, des chats choisis pour le miaulement qu'ils poussaient quand on leur pinçait la queue ! » « Un piano de chats, un piano de chats ! » répéta-t-il.

Nous nous mîmes à rire, sans trop savoir si maître Effarane parlait ou non sérieusement. Mais, plus tard, j'appris qu'il avait dit vrai en parlant de ce piano de chats qui miaulaient lorsque leur queue était pincée par un mécanisme ! Seigneur Dieu ! Qu'est-ce que les humains n'inventeront pas !

Alors, prenant sa toque, maître Effarane salua, tourna sur ses talons et sortit en disant :

« N'oubliez pas votre note, surtout toi, monsieur *Ré-Dièze*, et toi aussi, mademoiselle *Mi-Bémol* ! »

Et le surnom nous en est resté.

VIII

Telle fut la visite de maître Effarane à l'école de Kalfermatt. J'en étais demeuré très vivement impressionné. Il me semblait qu'un *ré dièze* vibrait sans cesse au fond de mon gosier.

Cependant les travaux de l'orgue avançaient. Encore huit jours, et nous serions à la Noël. Tout le temps que j'étais libre, je le passais à la tribune. C'était plus fort que moi. J'aidais même de mon mieux l'organier et son souffleur dont on ne pouvait tirer une parole. Maintenant les registres étaient en bon état, la soufflerie prête à fonctionner, le buffet remis à neuf ses cuivres reluisant sous la pénombre de la nef. Oui, on serait prêt pour la fête, sauf peut-être en ce qui concernait le fameux appareil des voix enfantines.

En effet, c'est par là que le travail clochait. Cela ne se voyait que trop au dépit de maître Effarane. Il essayait, il réessayait... Les choses ne marchaient pas. Je ne sais ce qui manquait à son registre, lui non plus. De là un désappointement qui se traduisait par de violents éclats de colère. Il s'en prenait à l'orgue, à la soufflerie, au souffleur, à ce pauvre *Ré-Dièze* qui n'en pouvait plus ; des fois, je croyais qu'il allait tout briser, et je me sauvais... Et que dirait la population kalfermatienne déçue dans son espérance, si le Grand annuel majeur n'était pas célébré avec toutes les pompes qu'il comporte ?

Ne point oublier que la maîtrise ne devait pas chanter à ce Noël-là, puisqu'elle était désorganisée, et qu'on serait réduit au jeu de l'orgue.

Bref le jour solennel arriva. Pendant les dernières vingt-quatre heures, maître Effarane, de plus en plus désappointé, s'était abandonné à de telles fureurs qu'on pouvait craindre pour sa raison. Lui faudrait-il donc renoncer à ces voix enfantines ? Je ne savais, car il m'épouvantait à ce point que je n'osais plus remettre les pieds dans la tribune, ni même dans l'église.

Le soir de la Noël, d'habitude on faisait coucher les enfants dès le crépuscule, et ils dormaient jusqu'au moment de l'office. Cela leur permettait de rester éveillés pendant la messe de minuit. Donc, ce soir-là, après l'école, je reconduisis jusqu'à sa porte la petite *Mi-Bémol*. j'en étais venu à l'appeler ainsi.

« Tu ne manqueras pas la messe, lui dis-je.

– Non, Joseph, et toi n'oublie pas ton paroissien.

– Sois tranquille ! »

Je revins à la maison où l'on m'attendait.

« Tu vas te coucher, me dit ma mère.

– Oui, répondis-je, mais je N'ai pas envie de dormir.

– N'importe !

– Pourtant...

– Fais ce que dit ta mère, répliqua mon père, et nous te réveillerons lorsqu'il sera temps de te lever. »

J'obéis, j'embrassai mes parents et je montai à ma chambrette. Mes habits propres étaient posés sur le dos d'une chaise, et mes souliers cirés auprès de la porte. Je n'aurais qu'à mettre tout cela au saut du lit, après m'être lavé la figure et les mains.

En un instant, glissé sous mon drap, j'éteignis la chandelle, mais il restait une demi-clarté à cause de la neige qui recouvrait les toits voisins.

Il va sans dire que je n'étais plus d'âge à placer un soulier dans l'âtre, avec l'espoir d'y trouver un cadeau de Noël. Et le souvenir me reprit que c'était là le bon temps, et qu'il ne reviendrait plus. La dernière fois, il y avait trois ou quatre ans, ma chère *Mi-Bémol* avait trouvé une jolie croix d'argent dans sa pantoufle... Ne le dites pas, mais c'est moi qui l'y avais mise !

Puis ces joyeuses choses s'effacèrent de mon esprit. Je songeais à maître Effarane. Je le voyais assis près de moi, sa longue lévite, ses longues jambes, ses longues mains, sa longue figure... J'avais beau fourrer ma tête sous mon traversin, je l'apercevais toujours, je sentais ses doigts courir le long de mon lit...

Bref après m'être tourné et retourné, je parvins à m'endormir.

Combien de temps dura mon sommeil ? Je l'ignore. Mais tout à coup, je fus brusquement réveillé, une main s'était posée sur mon épaule.

« Allons, *Ré-Dièze* ! » me dit une voix que je reconnus aussitôt.

C'était la voix de maître Effarane.

« Allons donc, *Ré-Dièze*... il est temps... Veux-tu donc manquer la messe ? »

J'entendais sans comprendre.

« Faut-il donc que je te tire du lit, comme on tire le pain du four ? »

Mes draps furent vivement écartés. J'ouvris mes yeux, qui furent éblouis par la lueur d'un fanal, pendu au bout d'une main…

De quelle épouvante je fus saisi !… C'était bien maître Effarane qui me parlait.

« Allons, *Ré-Dièze*, habille-toi.

– M'habiller ?…

– À moins que tu ne veuilles aller en chemise à la messe ! Est-ce que tu n'entends pas la cloche ? »

En effet, la cloche sonnait à toute volée.

« Dis donc, *Ré-Dièze*, veux-tu t'habiller ? »

Inconsciemment, mais, en une minute, je fus vêtu. Il est vrai, maître Effarane m'avait aidé, et ce qu'il faisait, il le faisait vite.

« Viens, dit-il, en reprenant sa lanterne.

– Mais, mon père, ma mère ? observai-je.

– Ils sont déjà à l'église. »

Cela m'étonnait qu'ils ne m'eussent point attendu. Enfin, nous descendons. La porte de la maison est ouverte, puis refermée, et nous voilà dans la rue.

Quel froid sec ! La place est toute blanche, le ciel tout épinglé d'astres. Au fond se détache l'église, et son clocher dont la pointe semble allumée d'une étoile.

Je suivais maître Effarane. Mais au lieu de se diriger vers l'église, voici qu'il prend des rues, de-ci, de-là. Il s'arrête devant des maisons dont les portes s'ouvrent sans qu'il ait besoin d'y frapper. Mes camarades en sortent, vêtus de leurs habits de fête, Hoct, Farina, tous ceux qui faisaient partie de la maîtrise. Puis c'est le tour des fillettes, et, en premier lieu, ma petite *Mi-Bémol*. Je la prends par la main.

« J'ai peur ! » me dit-elle.

Je n'osais répondre : « Moi aussi ! » par crainte de l'effrayer davantage. Enfin, nous sommes au complet. Tous ceux qui ont leur note personnelle, la gamme chromatique tout entière, quoi !

Mais quel est donc le projet de l'organiste ? À défaut de son appareil de voix enfantines, est-ce qu'il voudrait former un registre avec les enfants de la maîtrise ?

Qu'on le veuille ou non, il faut obéir à ce personnage fantastique, comme des musiciens obéissent à leur chef d'orchestre, lorsque le bâton frémit entre ses doigts. La porte latérale de l'église est là. Nous la franchissons deux à deux. Personne encore dans la nef qui est froide, sombre, silencieuse. Et lui qui m'avait dit que mon père et ma mère m'y attendaient !... Je l'interroge, j'ose l'interroger.

« Tais-toi, *Ré-Dièze*, me répond-il, et aide la petite *Mi-Bémol* à monter. »

C'est ce que je fis. Nous voici tous engagés dans l'étroite vis et nous arrivons au palier de la tribune. Soudain, elle s'illumine. Le clavier de l'orgue est ouvert, le souffleur est à son poste, on dirait que c'est lui qui est gonflé de tout le vent de la soufflerie, tant il paraît énorme !

Sur un signe de maître Effarane, nous nous rangeons en ordre. Il tend le bras ; le buffet de l'orgue s'ouvre, puis se referme sur nous...

Tous les seize, nous sommes enfermés dans les tuyaux du grand jeu, chacun séparément, mais voisins les uns des autres. Betty se trouve dans le quatrième en sa qualité de *mi bémol* et moi dans le cinquième en ma qualité de *ré dièze* ! J'avais donc deviné la pensée de maître Effarane. Pas de doute possible. N'ayant pu ajuster son appareil, c'est avec les enfants de la maîtrise qu'il a composé le registre des voix enfantines, et quand le souffle nous arrivera par la bouche des tuyaux, chacun donnera sa note ! Ce ne sont pas des chats, c'est moi, c'est Betty, ce sont tous nos camarades qui vont être actionnés par les touches du clavier !

« Betty, tu es là ? me suis-je écrié.

– Oui, Joseph.

– N'aie pas peur, je suis près de toi.

– Silence ! » cria la voix de Maître Effarane.

Et on se tut.

IX

Cependant l'église s'est à peu près remplie. À travers la fente en sifflet de mon tuyau, je pus voir la foule des fidèles se répandre à travers la nef, brillamment illuminée maintenant. Et ces familles qui ne savent pas que seize de leurs enfants sont emprisonnés dans cet orgue ! J'entendais distinctement le bruit des pas sur le pavé de la nef le choc des chaises, le cliquetis des souliers et aussi des socques, avec cette sonorité particulière aux églises. Les fidèles prenaient leur place pour la messe de minuit, et la cloche tintait toujours.

« Tu es là ? demandai-je encore à Betty.

— Oui, Joseph, me répondit une petite voix tremblante.

— N'aie pas peur... n'aie pas peur, Betty !... Nous ne sommes ici que pour l'office... Après on nous relâchera. »

Au fond, je pensais qu'il n'en serait rien. Jamais maître Effarane ne donnerait la volée à ces oiseaux en cage, et sa puissance diabolique saurait nous y retenir longtemps... Toujours peut-être !

Enfin, la sonnette du chœur retentit. M. le curé et ses deux assistants arrivent devant les marches de l'autel. La cérémonie va commencer.

Mais comment nos parents ne s'étaient-ils pas inquiétés de nous ? J'apercevais mon père et ma mère à leur place, tranquilles. – Tranquilles aussi M. et Mme Clère. – Tranquilles les familles de nos camarades. C'était inexplicable.

Or, je réfléchissais à cela, lorsqu'un tourbillon passa à travers le buffet de l'orgue. Tous les tuyaux frémirent comme une forêt sous une rafale. Le soufflet fonctionnait à pleins poumons.

Maître Effarane venait de débuter en attendant l'Introït. Les grands jeux, même le pédalier, donnaient avec des roulements de tonnerre. cela se termina par un formidable accord final, appuyé sur la basse des bourdons de trente-deux pieds. Puis M. le curé entonna *l'Introït : Dominus dixit ad me : Filius meus es tu*. Et, au *Gloria*, nouvelle attaque de maître Effarane avec le registre éclatant des trompettes.

J'épiais, épouvanté, le moment où les bourrasques de la soufflerie s'introduiraient dans nos tuyaux ; mais l'organiste nous réservait sans doute pour le milieu de l'office...

Après l'Oraison, vient l'Épître. Après l'Épître, le Graduel terminé par deux superbes *Alleluia* avec accompagnement des grands jeux.

Et alors, l'orgue s'était tu pour un certain laps de temps, pendant l'Évangile et le Prône, dans lequel M. le curé félicita l'organiste d'avoir rendu à l'église de Kalfermatt ses voix éteintes... '

Ah ! si j'avais pu crier, envoyer mon *ré dièze* par la fente du tuyau !...

On est à l'Offertoire. Sur ces paroles : *Loetentur coeli, et exultet terra ante faciem Domini quoniam venit*, admirable prélude de maître Effarane avec le jeu des prestants de flûte mariés aux doublettes. c'était magnifique, il faut en convenir.

Sous ces harmonies d'un charme inexprimable, les cieux sont en joie, et il semble que les chœurs célestes chantent la gloire de l'enfant divin.

Cela dure cinq minutes, qui me paraissent cinq siècles, car je pressentais que le tour des voix enfantines allait venir au moment de l'Élévation, pour laquelle les grands artistes réservent les plus sublimes improvisations de leur génie...

En vérité, je suis plus mort que vif. Il me semble que jamais une note ne pourra sortir de ma gorge desséchée par les affres de l'attente. Mais je comptais sans le souffle irrésistible qui me gonflerait lorsque la touche qui me commandait fléchirait sous le doigt de l'organiste.

Enfin, elle arriva, cette Élévation redoutée. La sonnette fait entendre ses tintements aigrelets. Un silence de recueillement général règne dans la nef. Les fronts se courbent, tandis que les deux assistants soulèvent la chasuble de M. le curé...

Eh bien, quoique je fusse un enfant pieux, je ne suis pas recueilli, moi ! Je ne songe qu'à la tempête qui va se déchaîner sous mes pieds ! Et alors, à mi-voix, pour n'être entendu que d'elle :

« Betty ? dis-je.

— Que veux-tu, Joseph ?

— Prends garde, ça va être à nous !

— Ah ! Jésus Marie ! » s'écrie la pauvre petite.

Je ne me suis pas trompé. Un bruit sec retentit. C'est le bruit de la règle mobile qui distribue l'entrée du vent dans le sommier auquel aboutit le jeu des voix des enfantines. Une mélodie, douce et pénétrante, s'envole sous les voûtes de l'église au moment où s'accomplit le divin mystère. J'entends le *sol* de Hoct, le *la* de Farina ; puis c'est le *mi bémol* de ma chère voisine, puis un souffle gonfla ma poitrine, un souffle doucement ménagé, qui emporte le *ré dièze* à travers mes lèvres. On voudrait se taire, on ne le pourrait. Je ne suis plus qu'un instrument dans la main de l'organiste. La touche qu'il possède sur son clavier, c'est comme une valve de mon cœur qui s'entrouvre...

Ah ! que cela est déchirant ! Non ! s'il continue ainsi, ce qui sort de nous, ce ne sera plus des notes, ce seront des cris, des cris de douleur !... Et comment peindre la torture que j'éprouve lorsque maître Effarane plaque d'une main terrible un accord de septième diminué dans lequel j'occupais la seconde place, *ut naturel, ré dièze, fa dièze, la naturel !...*

Et comme le cruel, l'implacable artiste le prolonge interminablement, une syncope me saisit, je me sens mourir et je perds connaissance...

Ce qui fait que cette fameuse septième diminuée, n'ayant plus son ré dièze, ne peut être résolue suivant les règles de l'harmonie...

X

« … Eh bien, qu'as-tu donc ? me dit mon père.

— Moi… je…

— Allons, réveille-toi, c'est l'heure d'aller à l'église…

— L'heure ?…

— Oui… hors du lit, ou tu manqueras la messe, et, tu sais, pas de messe, pas de réveillon !… »

Où étais-je ? Que s'était-il passé ? Est-ce que tout cela n'était qu'un rêve… l'emprisonnement dans les tuyaux de l'orgue, le morceau de l'Élévation, mon cœur se brisant, mon gosier ne pouvant plus donner son *ré dièze* ?… Oui, mes enfants, depuis le moment où je m'étais endormi jusqu'au moment où mon père venait de me réveiller, j'avais rêvé tout cela, grâce à mon imagination surexcitée outre mesure.

« Maître Effarane ? demandai-je.

— Maître Effarane est à l'église, répondit mon père. Ta mère s'y trouve déjà… Voyons, t'habilleras-tu ? »

Je m'habillai, comme si j'avais été ivre, entendant toujours cette septième diminuée, torturante et interminable…

J'arrivai à l'église. Je vis tout le monde à sa place habituelle, ma mère, M. et Mme Clère, ma chère petite Betty, bien emmitouflée, car il faisait très froid. La cloche bourdonnait encore derrière les abat-son du clocher, et je pus en entendre les dernières volées.

M. le curé, vêtu de ses ornements des grandes fêtes, arriva devant l'autel, attendant que l'orgue fît retentir une marche triomphale.

Quelle surprise ! Au lieu de lancer les majestueux accords qui doivent précéder l'*Introït*, l'orgue se taisait. Rien ! Pas une note !

Le bedeau monta jusqu'à la tribune... Maître Effarane n'était pas là. On le chercha. Vainement. Disparu, l'organiste. Disparu, le souffleur. Furieux sans doute de n'avoir pu réussir à installer son jeu de voix enfantines, il avait quitté l'église, puis la bourgade, sans réclamer son dû, et, de fait, on ne le vit jamais reparaître à Kalfermatt.

Je n'en fus pas fâché, je l'avoue, mes enfants, car, dans la compagnie de cet étrange personnage, loin d'en être quitte pour un rêve, je serais devenu fou à mettre dans un cabanon !

Et, s'il était devenu fou, M. *Ré-Dièze* n'aurait pu, dix ans plus tard, épouser Mlle *Mi-Bémol* – mariage béni du Ciel, s'il en fut. Ce qui prouve que malgré la différence d'un huitième de ton, d'un « comma », ainsi que disait maître Effarane, on peut tout de même être heureux en ménage.

Le Figaro illustré, Noël 1893.